꽃잎 강릉

박용재

곰곰나루시인선 021

꽃잎 강릉

박용재 시집

곰곰나루

시인의 말

숨을 쉴 때마다
고맙다 생각하면 모든 게 소중하고
숨을 쉴 때마다
괜찮다 여기면 모든 것이 위로이고
숨을 쉴 때마다
다행이다 생각하면 모든 게 행복하고
숨을 쉴 때마다
그 누군가를 사랑하고 있다면
그 무엇이 부럽겠는가?
숨을 쉴 때마다
그 순간 은혜롭다 생각하면
그보다 감사할 일 있겠는가?

그대여, 살아있음이 인생의 선물이라네
숨을 쉴 때마다 기쁜 일이 있으시길!

2020년 9월 박용재

꽃잎 강릉

차례

제4부 시간

제1부

마음

작은 꽃잎

너의 숨소리는 아주 작지
오랫동안 곁에 있지 않으면
그 소리를 들을 수 없어
눈을 감고 가만히 귀를 대면
콩닥콩닥거리는
너의 심장소리가 들려와
그 작은 소리에
온 세상이 숨을 쉬는 듯해
그럴 때마다
너의 작은 얼굴에 피는
미소를 잊을 순 없지

작은 꽃잎 같은 그대

꽃 같은 그 사람

부서질까 봐
만질 수도 없고
멀어질까 봐
가까이 다가갈 수도 없네

그리워할 수 있어
행복한
흰보랏빛 그 사람

조금 떨어져서 봐야
더 아름다운
제비꽃 같은
그 사람

심향(心香)

봄기운에 꽃 핀다고
쉬이 기뻐 말고
부는 가을바람에 꽃 진다고
가벼이 슬퍼 마라

꽃의 피고짐은 영원하나
꽃을 바라보는 시간은
너무나 짧기만 하다

사랑하는 사람아
세상 어느 꽃향기인들
그대 가슴에서 피어나는
마음향기만 하겠는가

헌화가
― 강릉 해변에서

그대 오기 전에
가야 하리

해당화 피기 전에
먼저 도착해
해변을 곱게
빗질해 놓아야 하리

가시에 이는
바람에 눈 씻으며
꽃망울 터지기를 지켜보다
그대 오면
첫 꽃 꺾어 바쳐야 하리

사랑을 맞이하는 일은

꽃이 피고 나면
그땐 늦으리

부끄러움에 관하여

— 채련곡(採蓮曲)

가을 경호는 너무 맑아서

연밥을 따 던지고는

그대를 사랑하는 마음 들킬까 봐

물속 깊은 곳에 숨겼건만

바람은 어찌 그 마음 알았는지

붉은 얼굴 애써 감추며

그대 있는 쪽으로 불어만 가네

*허난설헌의 「채련곡(採蓮曲)」을 화운(和韻)하다

종달새

아지랑이 피는 봄날
강릉 사천 하평리 언덕에 올라
종달종달 지저귀는 종달새에게 물었다
넌 누굴 위해 노래하니?
종달새가 답했다
난 그냥 노래하고 있을 뿐이라오

후끈거리는 얼굴로
종달종달 나도 따라 지저귀다
종달새보다 못한 놈이라며
스스로 나를 비웃었네

달

밤의 호수에 비친
달빛이 너무 고와
손을 물속에 넣어
달을 쑤욱 꺼냈더니
달은 젖지 않은 채
하늘에 떠 있고
내 마음만 젖었다네

그윽하다
― 그림자

들길에 진 미루나무 그림자에는
들국화 꽃향기가 묻어나고

대나무숲에 진 소나무 그림자에는
바스락거리는 댓잎 소리 들린다

강릉 해변에 진 그대 그림자에는
해당화 꽃향기 그윽하다

바다에 빠진 달을 잡으려 하다

바다에 빠진 달을
잡으려 하다가
어부가 쳐놓은 그물에
되려 내 마음이 걸려
허둥지둥거리네

달이 비웃는 것도 아닌데
나는 달이 미워지네

인생

한 깨달음 얻으려
전나무 숲길 걷다가
오대산 월정사 앞
곱게 물든 단풍나무 앞에 섰네

아 인생이란 놈
나뭇잎 위에 이렇게
사뿐히 앉았다 가는
눈부신 가을 햇빛 같으면
얼마나 좋을까

빈 의자

나비가 와서
사뿐히 앉았다 간다
그 자리에 나도 앉아본다
왜 이리 무겁냐며
혼날 줄 알았는데
나비보다 가벼운 놈이라고
되려 혼났네

나여
그대 인생의
무게를 알고 싶다

봄

봄이 오면 새들도 꽃처럼 핀다
푸른 하늘가를 싱그럽게 물들이는
패랭이꽃의 지저귐에 나를 잊는다
강릉 사천 하평리 너른 들판
봄꽃 향기 속에 들리는 아이들 노랫소리
온 들녘에 무지개처럼 피어오른다

저녁 산책

홀로 걷는 들길
저녁 산들바람에
간들간들 꼬리치는
강아지풀 귀엽고
이름도 근사한
천인국(天人菊)과
반갑게 인사 나눈다
이른 잠을 청하는
물푸레나무 옆
이끼 낀 바위에 앉아
끝없이 흐르는 물에
나를 떠나 보낸다

어느 봄 저녁의 마음

그대를 보낸 마음
풀밭에 가 앉았으나
나비가 되지 못하네

날은 저물고
나비는 집으로 돌아가고

나는 어디로 가야 하나?

겨울나비의 꿈

얼음 쌓인
땅속에서 들리네
구근들이 요동치는 소리

다가올 새봄엔
땅을 뚫고 피워낸
노란 영춘화 꽃잎에 앉아

세상사는 한 즐거움
얻어보려네

빗방울

너는 작지만
몸을 적시게 하지

너는 작지만
꿈을 헤엄치게 하지

너는 작지만
무섭기도 하지

넘치게 하는 것도
분노하게 하는 것도
울게 하는 것도
아주 작은 너지

너는 작지만
하늘의 뜻이지

호수의 하루

하늘이
경호에 내려와
구름배 띄우고 노네
떨어진 벚꽃잎도
물결 따라 함께 노네
어디선가 불어온 바람
물이랑 따라 구름배 흔들며
놀러온 하늘을 시샘하네
호수는 허허 웃으며
하늘과 바람과 구름과 꽃잎과
나를 잃은 나를 품어주네

먼 데서 별들이 호수로
놀러 올 채비를 하네

마음에게

네가 있으므로 내가 있고
내가 있으므로 네가 있다
내가 있으므로 내가 있고
네가 있으므로 네가 있다
다시금 네가 있으므로 내가 없고
내가 있음으로 네가 없네

꿈

— 시인

삶이란 원고지에
꽃을 그린 후
향기마저 담으려고
한 생애를 소진한다네
세월은 흘러 그는 가고
앗!
그가 남긴 시에서
꽃향기가 나네

나무젓가락

너는 어느 깊은 산속에서

싱싱한 한 그루의 나무로

웅장하게 살다가

푸른 하늘과 새들과 바람들과 어울려 살다가

어느 길을 통하여 여기까지 왔느냐

어찌하여

내 입에 음식을 넣어주는

볼품없는 젓가락으로 이 세상에 왔느냐

너를 통해 음식을 먹으며

네 생애에 운다

종이컵

따뜻한 차 한 잔을 담아
인생의 아침을 열어주거나
사람과 사람 사이를 데워주는
작은 손길이라네

나무여
그대는 어디까지 베풀 참이냐

제2부
몸

해변의 곰솔길

강릉 송정
해변의 소나무 숲길에서
숨 한번 들이쉬고
하늘 향해 긴 숨을 뱉으니
몸 안에 솔향기가 그득하다
몸이 마음이더라

일요일 저녁 해변에서

강릉 순개울 근처
소나무 아래 앉아서
바다색 푸른 바람과 논다
물 젖은 바람은
검은 나비를 불러 춤추고
나는 해변에서
바다로 여행 갔다 온
나무 돌고래 몇 마리 잡는다
눈앞 바위섬에 모여
줄지어 졸고 있는 갈매기떼
나도 따라
한숨 자다 일어나니
등대 불빛 내 몸에 들어와
환히 비치네

낮잠

강릉 사천
바닷가에서

구름을 베고 누워
잠을 자다가
뱃고동 소리에 깼다

몸속에 뭉게구름 가득하다

여행

몸이 가는 게 아니라
마음이 가고 싶은 게다

가던 길 잠시 멈추고
마음이 몸에게 물었다

힘들고 어지럽진 않냐고

몸이 웃으면서 답하더라
너를 위해 참을 만하다고

귀향

가을 저녁
낙엽 한 잎으로
호숫가에 앉았네

옛 친구들 얼굴
호수 위에 그려졌다
술잔 속에 지워지는데

나보다
달빛이 먼저 취해
호수에 풍덩 빠져 버리네

겨울 산사에서
― 보현사

촛불이 몸을 태워 만든
맑은 촛농의 바다에
배 한 척 띄우고
마음 벗어 던진 채
부처님 되어 놀았네

화살에 실려 날아와 앉은
부처님 미소여

안개

내가 부조리한데
어찌 세상더러 조리 있으라 하겠는가
나의 존재가 부조리한데
어떻게 사물들에 조리 있으라 하겠는가
내 삶이 부조리한데
어느 누구에게 조리 있으라 하겠는가

산

한때는 꽃이었으리
원시인들이 뜯어 먹던
가녀린 몸매의
아주 작은 몸짓으로
겨우 꽃을 피워내던
풀꽃이었으리

산 2

들에서 보니
산꼭대기는 하늘과 맞닿아 있지만
산 위에 올라서 보니
땅과 한몸이네

보이는 것들 모두가
한몸이네

대나무에 관한 명상

잠결에 듣는 파도소리
눈을 뜨니 옛 시골집 뒤뜰
댓잎 부딪는 소리였구나
댓잎 위에도 바다가 있었구나
대나무밭에서 저 싱싱한
오징어 꼴뚜기 가자미 놀래미가
놀고 있었구나

나비 한 마리

강릉 하평리 언덕 길가
찔레꽃 하얀 꽃잎에 앉아 있는
노랑나비 한 마리
불어오는 바람에 날개를 펄럭인다

찔레꽃 꽃잎도
억센 가시도 펄럭인다

내 몸도 따라 펄럭인다

도토리나무 아래서

가을 오후
도토리나무 그늘에 앉아
휙, 바람처럼 한 인생이 울며
지나가는 것을 보았네
먼저 간 사랑을 그리워하다
툭, 떨어지는 도토리 열매에
머리통을 얻어맞고는
옛사랑의 추억을 놓쳐 버렸네

도토리는 씹을수록 떫고
사랑은 지날수록 아프네

먼지

털고 털고
또 털고 털고
다시 털고 털고
또 다시 털고 털고
그래도 내 몸에 먼지는
언제나 살아있다
먼지 없는 삶이 존재할까

먼지는 강하다

수선화

제 몸을 보여달라시면
꽃을 보여드리고
제 마음을 보여달라시면
꽃향기로 대신하지요

선자령 단풍

이 가을
어쩌지

니가 없는데

선자령 붉은 단풍은
누구랑 보니

내년 가을은
또 어쩌지

니가 없는데

봄산 봄꽃

앞산에 꽃 피고
뒷산에 꽃 진다

앞산에 한 인생 피고
뒷산에 한 인생 진다

온 산이 피고짐으로
요란하다

몸에도 시간의 꽃은
피고 지는데

자화상

고향에서조차
이방인으로 살았던
영원한 방랑자여
길 위에 서서
구름 위에 싹튼 하늘꽃잎을
노래하는 바람이여
그대는 영원한
붉은 노을
길 위의 나그네

미소

비 그친 저녁
강릉 먼바다에서
불쑥 얼굴을 내민
햇살 한줄기
하느님 미소 같다

그 님은 언제 오실까

희망

그대 몸속으로
꿈이 들어가면

그대 영혼은
몸밖으로 희망꽃을
피운다네

강릉 바다에 앉아

저기 대관령이
가을 단풍으로 축제를 벌이네
그 고운 화장에 취해
부드럽게, 때론 격렬하게
바다도 덩실 춤추는구나

멀리서 날아온 고운 단풍잎 하나
작은 섬 같구나

바람 부는 날

강릉 사천 하평리
대나무숲에 부는 달빛
아주 허리가 부러질 듯하다
새벽은 아직 먼데
새들은 휘청거리는
대나무 가지에서
도통 잠 못 이루네
나도 밤새 따라
대나무 가지에 올라
댓잎 물결치는 대로
맘껏 흔들리며
너를 잊는다

제3부

길

봄날
— 소금강에서

산수유꽃 피니
노오란 그대 오고

산목련꽃 지니
하얀 그대 떠나네

꽃 속에
그대가 있네

대관령 옛길을 걸으며

물이 제맘대로 흐르더냐
산이 제멋대로 푸르더냐
다 하늘의 뜻 아니더냐
여기 꽃들이 제맘대로 피고
나무들이 제멋대로 흔들리더냐
다 하늘 뜻과 어우러진 거 아니더냐
몸이 맑아야 좋은 인생 아니더냐

태양에서 달까지 걷기

나는 걷는다
태양에서 달까지
잃어버린 사랑을 안고
낮의 신들은 차갑고
밤의 신들은 뜨겁다
달의 뜨거움으로
태양의 차가움을 데우노라

강릉
— 대관령에서

몸은 아직 산위에 있으나
눈은 벌써 해당화 꽃밭에 있다

산이여
나에게 온화한 여신의 미소를 다오

눈부신 나뭇잎들의 부드러움으로
다가올 봄바다를
속삭이도록

길 위의 우물

뙤약볕 길 위에서
우물을 찾는다
길가엔 갈증 난 나무들을 위한
우물이 준비되었으나
나는 낮보다 환한 길 위에서
우물을 찾아 헤맨다

언제나 닿을까
그대 마음 씻을 우물엔

화(禍)

원래는 그게 패랭이꽃이었는지도 모르죠
그 앙증맞은 아름다움이었는지도 모르죠
그 이쁜 꽃이 칼이 되어 돌아온 게죠

새들

한때는 꿈이었으리
하늘하늘 아지랑이처럼 나는
나비였으리

쓸쓸한 가을 들판에 서면
내 몸이 새가 되어
기러기처럼 날아간다네

길

새 길은 없겠지
누군가 만든 길들을
다시 밟을 뿐
바람이 낸 길도
길일 것이므로

지는 꽃
― 사천(沙川)에서

달맞이꽃 자욱한
고향길을 걸으며
지는 꽃에게 물었다
니 인생 어땠냐고
지는 꽃이 답했다
살아있는 동안 누군가
내 향기를 좋아했다면
그랬다면
그것만으로도 행복했다고

봄비

그 누군가
추운 겨울
가슴 속에 쌓아둔
고운 마음을
조금씩 조금씩
목마른 세상에
고르게 나눠주고 있네

비

꽃잎에 떨어져 향기롭게 죽는 비
강물에 떨어져 먼 여행을 떠나는 비
바다에 떨어져 파도가 되는 비
연탄불에 떨어져 뜨겁게 죽는 비

오, 다시 올 비여
그대에게 행운이 있기를

이별의 시간

한여름
뜨거운 태양 아래
달구어진
녹슨 기찻길
맨발로 그 위를
걷는 시간

기차는 다시 오지 않았다

여치

한여름날
경포대 정자 근처
풀섶에 여치가 운다
넌 더위를 울고 있구나
여치가 고개를 저으며
난 다가올 겨울을
울고 있어요

봄은 그렇게 온다

산벚꽃나무에게 물었다
― 강릉 사천 사기막리 용연계곡에서

그대 옆에 핀 산수유나무
꽃향기는 어떠하냐고
노오란 꽃잎은 보이느냐고 물었다
조금 떨어진 채 이웃한
산목련 꽃향기는 또 어떠하냐고 물었다
나무들끼리 모여 살아도
아름다운 것을 보고 느끼는 것은
다 마찬가지라고 대답하더라

느닷없이

널 사랑했다
느닷없이

외딴 해변에 핀
갯메꽃 한 송이

60세에
너에게 깊은 눈길을 주었다

그게 전부였다

느닷없이, 지친 몸이

옛사랑

노을에 불타는
경호에서
그 한마디
사랑한다는
그 한마디 못하고
미루나무 꽃가지에
비친 달빛으로 출렁이다
그림배 타고
떠난 사람아

욕심

가을 산 정상에 올라
지나가는 기러기떼가
손에 잡힐 듯하여
줄지어 비행하는 그들에게
나도 데려가 달라 떼를 쓰다
그만 새똥 같은 빗방울에
온통 얻어맞고 말았네

1박 2일

남해에서 해남의 가을을 만나고
해남에서 남해의 바다를 만나다

길은 시간의 끈이라네

헛것
— 등명낙가사에서

세상을 떠돌다가
등명낙가사 숲속에 도착했네
숲이 나더러 말하기를
세상 헛것 버리면
마음 환해진다 하네

그 말 들었는지
대웅전 부처님 미소
향처럼 그윽하네

여름 일기

소금강 언덕길
느티나무 등에 업힌
매미가 여름을 우네
햇살에 반들거리는
나뭇잎들 사이로 부는 바람에
매미 울음소리 그치고

저기 산이 덥다고 우네

어느 늙은 가을꽃

지난 시절
사랑을 잃어버린 꽃들이
툭 툭 툭
눈물을 흘리고 있구나
미시령 아래 들판을 지나다 만난
구절초 몇 대궁

아름답던 추억도 꽃잎도
말라비틀어지고 있구나

제4부

시간

봄날에

나 호숫가에 핀

봄꽃 꺾어

그대에게 바칠 수 있다면

소원이 없겠네

푸른 달빛 받은

그대가 부끄러운 듯

얼굴 붉히면서

그 꽃 받아주면

더없이 좋겠네

들꽃 한 송이

네가 우주로구나

하늘하늘
작게 호흡하며 웃는 네가
우주의 꽃잎이로구나

들꽃 한 송이
시간을 멈추네

어제

내일을 꿈꾸는데
어제가 자꾸 나를 잡아끄네
봄을 맞이하려니
그대 보낸 겨울이 발목을 잡네
어제가 오늘이었구나

60세

눈앞의 빛을 좇다
그 빛을 만든
어둠의 슬픔을 보지 못했네
그 어리석음에 내 살을 찢으며
나를 비웃는다

라일락나무에게
— 서울집 작은 마당에 쪼그리고 앉아

아 너는 너무나 매혹적인
네 꽃향기는 맡고 사느냐?
네 몸은 그 기쁨 아느냐?

들꽃

강릉 사천 하평리
들판에 누워
질경이, 쑥부쟁이, 토끼풀, 미나리아재비
구절초 그리고 민들레와 놀았다

바람에 떨어지는 작은 꽃잎에
넋을 잃은 채 바라본 들판
나는 그 무슨 꽃도 못 되네

천인국 한 송이
날 보고 빙그레 웃네

경호

바람에
물결들이 춤추는
호수의 봄밤

너를 사랑한
별들이 내게로 왔다

밤 호수에
홀로 눈물 떨구는
가시연꽃 한 송이

가장 늦게 온
별의 손 잡고
미소 짓네

고요한 물 아니던가

스스로 몸을 자정하기 위해
바다는 밤잠을 설쳐대며 저리도 뒤척이네
밤새 목청껏 울어대던 파도여
그대도 애초엔 고요한 물이 아니던가

행복했다, 이별이여

나도 내 마음을 알지 못하거늘
어찌 네 마음을 안다 하겠는가
사랑아 잘 가거라
행복했다, 이별이여

산에 머무는 마음에게

자네, 여태 뭐하나
이제 그만 내려오지
아직도 그분은 오지 않으셨는가
세상에 평상 깔고
술 한잔 마시면서
다시 기다리세

가을 호수

나뭇잎 하나
호수에 비친 달을 싣고
기우뚱 떠내려가네

달은 나뭇잎에 몸을 의지한 채
물결따라 덩실 춤을 추네

나도 따라 떠내려가네

낮별

제비꽃, 패랭이꽃, 할미꽃
서로 눈 맞추며 말을 건네고 있네
나는 녀석들을 바라보다 눈멀어
봄 햇살 속으로 몸을 숨기네
금계국 노란 얼굴이 떨어지는 시간 사이로
낮별들이 내려와 같이 놀자 하네

오늘에게
― 양수리에서

어제의 사랑을 향한 그리움이
그대의 물허리를 안고
그리워하다 죽은
못난 생애를 위로하며
마침내 하나 되어
한몸 되어 흐르는구나

어떤 미소

날아가던 새가
싼 똥에 맞은
들꽃 한 송이

아무렇지 않다며
웃네
재수 좋다며
웃네

불면

해변의 묘지를 돌아온
바람이 삶과 죽음을 뒤척이고 있다
그대 인생을 뒤척이고 있다
바다를 이고 자는 사람아

낙엽

생을 다한 푸른 잎 하나
강물 위에 툭 떨어져
작은 물결 타고
바다로 먼 바다로
또 다른 인생살이 가는구나
스스로 꽃단장한 채
먼 여행을 떠나는구나

그 사람

평생 완전한 사랑을 찾아헤매다
결국 인생마저 미완으로 마감하고 마는
그 사람 우리 그 사람
그 사람 스스로 지워졌네

쓸쓸한 날

쓸쓸한 날엔
그저 혼자 우는 법을 알아야 했다
쓸쓸한 날엔
그저 내 눈물이 그 누구를 위한 꽃이
아니란 것 알아야 했다
쓸쓸한 날엔
그저 혼자 울며
나를 지우는 법을 찾아야 했다

어찌지

어찌지?
머리를 깎자니 세속이 아쉽고
세속에 머물자니 산이 그리운데

정말 어찌지?
생의 길을 찾아헤맨 지 오래이고
시간은 울고 있는데

아, 어찌지?
니가 없으니, 정말이지 니가 없으니
산도 물도 꽃도 없는데

용서

세상 물정 몰라
헤맴도 가지가지
문장(文章)도 어설프네
아둔한 나여
철들면 나아질까

한 생애를 살면서
나를 용서하는 일이
가장 어렵구나

꽃잎 강릉

꽃은 좋겠다
강릉에서 피어서

강릉은 좋겠다
꽃을 피워서

나 여기 품었다
꽃잎 강릉

'헌화'와 '채련' 사이로 난 길

'헌화'와 '채련' 사이로 난 길
― 박용재의 『꽃잎 강릉』에 부쳐

박덕규
(시인 · 문학평론가)

1. '강릉'과 '꽃'과 시

이 시집은 제목이 '꽃잎 강릉'이다. 제목 그대로, 이 시집을 관통하는 코드는 두 가지, 하나는 '강릉', 하나는 '꽃'이다.

'강릉'은 잘 아시다시피 한반도 백두대간의 중허리 동쪽 면의 산악에서부터 바다까지를 점유하는 동해중부해안의 중심도시다. 오래전 한반도 남쪽에서부터 압록강 두만강 북쪽의 광활한 지역에 이르기까지 삼한, 예, 옥저, 부여 같은 세력이 할거했는데, 이 일대에 가장 큰 영

향을 미친 것은 예(동예)였던 듯하다. 후기 고조선이나 한나라 군정 등의 시기(한4군이 과연 여기까지 관할했으랴만)를 지나고, 4세기 들어 고구려, 5세기 이후에는 신라에 속했다. 한때는 하서랑 또는 하슬라라 불리기도 했고, 신라의 삼국통일 이후부터 고려 중기까지는 명주(溟州)라 표기되었다. 고려 말기에 강릉도, 강릉대도호부 같은 폭넓은 구역으로 묶여 조선 건국 초까지 유지되다가 그 이후 조선이 팔도로 구획되면서 강원도라는 행정구역이 굳어졌고 강릉은 그 도를 대표하는 도시 이름이 되었다.

말이 길어져 강릉 홍보가 되고 있는데, 그 까닭은 바로 오늘의 시인 박용재가 이곳 강릉에서 나고 자랐기 때문이고, 굳이 자신의 고향을 시집 제목에 올렸으니 얕게나마 문헌 검토를 해보지 않고서는 시집 읽는 안목이 높아지지 않을 것 같아서다. 시인 박용재는 이곳 강릉의 바닷가 마을에서 태어나, 강릉 사람은 물론이고 외부 사람들이 가장 많이 오가는 명소 경포의 호수와 바다를 배경으로 성장했고, 뜻있는 출향 인사라면 흔히 그러듯 장년-중년기에 서울에 사는 동안에도 고향과의 인연을 두

텁게 이어왔다. 이제 갑년에 이르러 다시 이곳, 고향 강릉으로 일터를 조금씩 옮기면서 강릉과 서울, 지역과 세계를 잇는 '그 무엇인가'를 꿈꾸고 있지 않은가. 즉, 이 시집에서 '강릉'은 강릉의 모든 것을 배경으로 해온 시인의 삶을 반영하는 표상이자 실체로 자리해 있다.

그렇다면 '꽃'은 무슨 의미인가. 꽃은 지구에 생명이 존재해야 할 이유를 "제 마음을 보여달라시면/ 꽃향기로 대신하지요"(「수선화」)에서처럼 빛깔과 향기로써 우주에 전하는 전령이자, "푸른 하늘가를 싱그럽게 물들이는/ 패랭이꽃의 지저귐에 나를 잊는다"(「봄」)에서처럼 인간의 병든 심성이 훼손해 놓은 지구의 표피를 어루만지는 안마사다. 이때 그 꽃에는 당연히 '꽃' 말고도, 꽃 피우고 열매 맺고 다시 씨가 되어 되살아나는 나무와 풀, 식물 모두라는 의미가 집약된다. 나아가 그것은 그 생명을 낳고 키우는 흙과 물과 공기, 호수와 바다와 산과 바람, 사람과 자연, 더 나아가 그 모든 실체와 이미지를 아우른다. 강릉이 산맥과 호수와 바다를 품은 도시니까 거기 있는 꽃과 자연, 생명 있는 모든 것들의 범주와 종류도 다양할 터. 강릉에서 나고 자라서 그곳에 산다는 것은 곧 이러한 강릉의 꽃, 강릉의 자연을 공기처럼 호흡하며 산다는 것을 뜻한다.

　어떤 삶이건, 일상과 그것을 에워싸고 있는 자연환경 속에서 유지되고 있으니까 그 자체로 '도시와 자연'을 아울러 사는 거라 할 수 있다. 그런데 여기서 중요해지는 것은 그렇게 사는 것 이상으로 자신의 그런 '일상-자연'의 삶을 어떻게 인식하느냐 하는 문제다. 고향이라 해도 다 같은 고향이 아니요, 같은 강릉사람이라 해도 강릉의 산과 호수와 바다, 꽃과 식물과 자연을 느끼는 감정은 제각각일 게 아닌가. 시인 박용재에게 강릉에서 꽃-자연을 느끼고 산다는 것은 어떤가 하면 "해변의 소나무 숲길에서 숨 한번 들이쉬고" 뱉는 사이에 "몸 안에 솔향기가 그득"해지고(「해변의 곰솔길」), 하루 종일 해안에서 놀다 보면 "등대 불빛이 내 몸에 들어와/ 환히 비치"(「일요일 저녁 해변에서」)고, 깜빡 잠 들었다 깨어나면 "몸속에 뭉게구름 가득"(「낮잠」)해지는 그런 것이다. 이를테면 그것은 강릉과 꽃이 그 몸안에서 하나가 되는 것.

　　꽃은 좋겠다

강릉에서 피어서

강릉은 좋겠다
꽃을 피워서

나 여기 품었다
꽃잎 강릉

— 「꽃잎 강릉」 전문

　강릉에서 꽃이 피거나, 꽃이 강릉에서 피거나, 그런
것 서로 따질 것 없이 그 자체로 일체가 되는 것. 이때 시
인의 몸은 그렇게 강릉이 꽃과 일체화된 현장을 추체험
하고 있다. 강릉과 꽃이 하나로 몸안에 든 상태, 그 몸이
'꽃잎 강릉'인 것이며, 그 몸을 꿈꾸며 태어나는 많은 시
들이 또한 '꽃잎 강릉'인 것이다.

2. 사랑이 오기 전에

일찍이 '강릉'이라는 존재를 꽃으로 증명한 예화가 있어왔다. 『삼국유사』권2에 기록된 '수로부인조(水路夫人條)'의 내용은 이렇다. 신라 성덕왕(聖德王, 재위 702~737) 때 순정공(純貞公)이 강릉태수가 되어 임지로 가던 중 바닷가에서 점심을 먹게 된다. 공에게는 자태와 용모가 빼어나게 아름다워 깊은 산, 큰 못을 지날 때마다 여러 번 신물(神物)에게 붙잡혀 가기도 했다는 아내(수로부인)가 있다. 석벽이 병풍처럼 바다를 둘러싸인 곳 가까이 앉은 수로부인이 그 천야만야한 꼭대기에 진달래꽃이 핀 것을 알아보고 그 꽃을 원했다. 아무도 나서는 이가 없었는데, 마침 암소를 끌고 지나가던 한 늙은이가 부인이 꽃을 원하는 것을 듣고 "紫布岩乎邊希執音乎手母牛放教遣吾肸不喩慚肸伊賜等花肸折叱可獻乎理音如"라는 노래를 짓고 꽃을 꺾어 바쳤다.

우리에게 빛나는 문화유산이 많은데 그중 향가 25수는 고대 한국문학의 정채(精彩)와 같다. 이에는 근대 학자들이 『삼국유사』의 어려운 한문 서술에서 이두(吏讀)

로 표기된 부분을 추적해 이를 번역하면서 소위 '향가(鄕歌)'임을 밝히며 14수를 찾아낸 데 이어 『균여전』에서도 11수를 더 찾아내서 정리해준 공이 크다. 위의 '꽃을 바치는 노래'는 향가 중에서 4구로 된 것으로 일명 '헌화가(獻花歌)'라 한다. 이것을 이두 그대로를 가져와 다시 읽기 편하게 적고 한 학자(정연찬)의 번역으로 정리하면 이렇다.

紫布岩乎邊希	붉은 바위 끝에
執音乎手母牛放敎遺	암소 잡은 손을 놓게 하시고
吾肹不喩慚肹伊賜等	나를 부끄러워하지 않으신다면
花肹折叱可獻乎理音如	꽃을 꺾어 바치겠습니다

이 같은 번역은 원문의 도치구문을 살리고 주어를 생략한 대로 두었다는 점이 특징인데, 의역을 더 감행해 현대어법에 맞추고 또 운율을 살려보니 이런 모양이 된다.

부끄럽게 여기지만 않으신다면
제가 이 암소를 놓고

붉은 바위 저 꽃을

기꺼이 꺾어와 바치오리다

　이 '헌화가'가 향가 25수 중 대표적으로 널리 알려진
데는 '용모가 아름다운 여인이 꽃을 바라자 어떤 사내가
위험을 무릅쓰고 그 꽃을 꺾어와 바쳤다'는 연애담이 배
경에 놓인 점이 크게 작용했을 것이다. 사랑하는 이를 위
해 꽃을 바치는 행위는 동서고금 세대불문의 '사랑의 세
리머니'일 테니(요즘은 그 꽃 안에 금반지, 또는 현금봉
투 같은 것쯤 숨겨둬야 그 효과가 극대화된다고 믿은 사
람도 적지 않지만)! 고대 문헌이란 것이 신비스러운 구
석 몇은 품고 있어야 그 유산 가치가 높아진다는 점도
있다. '헌화가'는 그 꽃을 주고받는 두 주인공, 수로부인
과 노인(그것도 신물에게 붙잡혀 갈 정도로 용모가 빼어
난 부인과 암소 모는 시골 노인이라는 기이한 대비)의
정체가 과연 무엇이며, 꽃이며 암소는 또 무엇인가에 대
해 해석의 이론이 분분해 왔다. 수로부인은 샤먼이고 노
인은 고승이다, 꽃은 신라인의 미의식을 보여준다 등등
의 '썰'이 있는데, 각설하고, 시인이 이 '헌화가'를 이 시

집으로 불러온 것이 그것이 '강릉'을 배경으로 하고 있다
는 인연 때문이라는 것에서 얘기를 풀어가 본다.

그대 오기 전에
가야 하리

해당화 피기 전에
먼저 도착해
해변을 곱게
빗질해 놓아야 하리

가시에 이는
바람에 눈 씻으며
꽃망울 터지기를 지켜보다
그대 오면
첫 꽃 꺾어 바쳐야 하리

사랑을 맞이하는 일은
꽃이 피고 나면

그땐 늦으리

　　　　　　—「헌화가 – 5월의 강릉 해변에서」 전문

　　이 시는 향가 '헌화가'의 수로부인과 노인의 관계를
'그대'와 '나'의 관계로 바꾸어 놓았다. 다른 점은, '헌화
가'가 수로부인이 꽃을 원한 것에 대해 노인이 답하면서
'그 꽃을 꺾어 바치겠다고 밝히는 부분'만이 시의 전면에
나와 있는 데 비해 이 시는 그보다 시간적으로 앞선 때,
'그대 오기 전'이 전경화(前景化)되어 있다. 게다가 지금
그대가 오지 않았을 뿐 아니라 아직 '나'조차 그곳에 닿
지 않은 상황이다. '헌화가'에서 벼랑 끝에 핀 꽃은 '진달
래'(철쭉이라 해석되기도 한다)인데, 이 시에서는 그 대
신 대표적인 해안식물 '해당화'라고 꾸며놓은 것도 아주
'강릉스럽다'. 하긴 '헌화가'의 공간적 배경이 '강릉태수
로 부임하는 길의 어느 해안'인 데 비해 이 시의 무대는
아예 '강릉 해변' 그 자체다. 또한 주목할 것은, 수로부인
이라는 분명한 대상이 있는 '헌화가'에 비해 이 시의 헌
화 대상은 '그대'라는 '막연한 존재'라는 사실. 물론 우리
는 '헌화가'라는 근원설화를 유산으로 물려받은 상태니

까 이 시의 '그대'를 마치 '수로부인' 같은 신비스러운 매력이 있는 어떤 대상이라 상상해보는 것도 나쁘지 않을 터이다.

  나아가, 신비스러운 대상이 그곳으로 오고 있고 그곳에 얼른 가서 첫 꽃을 꺾어 두어야 하는데도 '나'가 아직 그곳에 가지 못하고 있다는 것, 그리고 그곳이 '강릉 해변'이라는 것, 바로 이 지점에 이 시의 심층, 그러니까 시인의 무의식이 자리한다. 시인은 강릉에서 나고 자랐고, 30여 년 강릉을 떠나 있었으며, 이제 강릉으로 돌아가고 있는 중인데, 아직 완전히 돌아가지는 못하고 있다. 아직 돌아가지는 못하고 있는데 "꽃이 피고 나면 그땐 늦으리"나 '사랑이 오기 전에' "가야 하리"의 심정으로 스스로를 재촉하고 있는 조급한 상태. 이러한 시인의 내적 상태는 두 가지로 볼 수 있겠는데, 첫째는 지금 그곳(강릉)으로 가야 한다는 것, 둘째는 가서 꽃 바칠 대상 '그대'를 만나야 한다는 것 등이다. 이중에서 가야 할 곳으로 가려는 지향은 실제 시인의 현실적 면모를, 꽃 바칠 '그대'를 만나려 하는 지향은 시인의 예술적 면모를 각각 닮았다 할 수 있겠다. 그리하여 그 두 지향으로서의 면모가 하나로 합쳐지는 지점이 이를테면 '꽃잎 강릉' 아닐까. 그런 점에서 이 시집은 가야 하고 가고는 있으나 아직은 가 닿지 않은 세계, 바로 '꽃잎 강릉'으로 향하는 시인의 현실적 예술적 과정을 보여주고 있는 셈이다.

3. 여전히 그리운 그대를 향해

허난설헌(許蘭雪軒, 1563~1589)이 쓴 이른바 『채련곡(採蓮曲)』 또한 꽃과 더불어 강릉을 생각하게 하는 역사적 유산으로 남아 있다. 그 시를 여기에 옮기며 감히 심한 의역까지 흉내내 본다.

秋淨長湖碧玉流　초록 구슬빛 일렁이는 맑은 가을 호수
荷花深處係蘭舟　연꽃 무성한 한쪽에 쪽배를 대고
逢郞隔水投蓮子　그대 있는 물 건너로 연밥 던지고는
遙被人知半日羞　누가 봤을까 종일 혼자 두근두근

이 시에 등장하는 호수가 강릉의 경호라는 증거는 없

지만, 그냥 편하게 경호라 생각한다 해서 해될 건 없을 터. 작가 허난설헌이 아주 강릉사람인 덕이다. 강릉 출신으로 벼슬이 당상관에 오른 허엽(1517~1580)이 첫 부인 청주 한씨 사이에 1남(허성) 2녀를 낳고 사별 후 재혼한 새 부인 강릉 김씨 사이에 2남(허봉, 허균) 1녀(허난설헌)를 낳았다. 허엽부터 허성, 허봉, 허난설헌, 허균이 모두 문장이 뛰어나니 사람들은 이들을 '허씨 5문장'이라 불렀다. 허난설헌은 일찍부터 문재가 대단했지만 15세 결혼 이후 남편 김성립과의 불화, 두 아이의 이른 병사, 아버지 허엽의 객사, 둘째오빠 허봉의 낙백, 여성에게 가혹한 당대 인습 등으로 쌓인 상처가 깊어져 오래 살지 못하고 27세에 병사하고 만다. 죽기 전 "내 시를 모두 불태우라" 했다고 밝힌 동생 허균은 그 뜻을 따르지 않고 도리어 그 시들을 모아 『난설헌시집』을 내면서 유성룡에게 서문을 받고 중국에서 온 사진 주지번, 양유년 등에게 제사(題詞)를 받았다. 주지번이 허난설헌의 시를 가져가 중국에서도 시집으로 발간해 '낙양의 지가를 올려놓았다'고 전해지고 있다. 1711년에는 일본에서 『난설헌집』이 나왔고, 1913년에는 난설헌의 이름을 받아 스스로 '소설헌(小雪軒)'이라 한 허경란이 화운한 작품을 모은 『소설헌집』도 나왔다. "티끌 밖에 나부끼고 나부껴 빼어나면서도 화사하지 않고 부드러우면서도 뼈대가 뚜렷하다"(주지번), "뜻을 창조함이 허공의 꽃이나 물속에 비친 달과 같아서 맑고 영롱하여 (……) 시절을 염려하고 풍속을 근심함에는 종종 열사의 기풍이 있다"(류성룡) 등등, 평가하는 언어들 또한 매우 현란하다. 다시 각설하고. 시인는 이렇듯 죽어서 강릉의 자랑이 된 시인 허난설헌의 「채련곡」을 다음과 같이 화운했다.

가을 경호는 너무 맑아서

연밥을 따 던지고는

그대를 사랑하는 마음 들킬까 봐

물속 깊은 곳에 숨겼건만

바람은 어찌 그 마음 알았는지

붉은 얼굴 애써 감추며

그대 있는 쪽으로 불어만 가네

— 「부끄러움에 관하여 – 채련곡(採蓮曲)」 전문

연은 오늘날에도 관상용을 포함해 쓰임이 적지 않은데, 모든 게 귀하던 옛 시절에는 연근, 연밥, 연잎, 연꽃, 연줄기 등 무엇 하나 버리지 않고 식용, 약용, 채색용, 관상용 등으로 두루두루 쓰였다. 그러니 남녀노소가 함께 연을 채취하는 일에 나섰고, 거기서 남녀상열지사도 심심찮게 일어난 모양이다. 일찍부터 알려진 '채련'의 문학 또한 대개 염정시(艶情詩) 유형으로 창작되고 전승되면서 엇비슷한 모방시가 연이어지기도 했고, 실제 후세의 어떤 이가 허난설헌의 이 「채련곡」마저 표절 혐의가 있다고 할 정도가 된다.

시인 박용재가 강릉 시인 허난설헌의 '채련'을 주목한 것은, 우선은 강릉과 호수를 함께 상징하는 멋진 장소 '경호'를 유추해서이겠다. 경호를 비롯해 강원 동부해안 일대의 여러 호수는 바다 가까이 자연 형성된 석호(潟湖)로서 바다와 호수를 아울러 볼 수 있는 이점으로 명소가 된 곳이 꽤 있다. 이 시집에서도 이 호수 경호는 "하늘이/ 경호에 내려와/ 구름배 띄우고 노네"(「호수의 하루」), "노을에 불타는/ 경호에서/ 그 한 마디/ 사랑한다는/ 그 한마디 못하고"(「옛사랑」) 식으로 강릉 바다만큼

이나 자주 노래된다. 아무튼 '경호'를 공간적으로 배경으로 하고 있는 「부끄러움에 관하여」에서도 「채련곡」에서 처럼 '그 한 마디' 못다한 사랑을 연밥을 던져서 간신히 표하고 들킬까 봐("연밥을 따 던지고는/ 그대를 사랑하는 마음 들킬까 봐") 부끄러워하는 '염정'이 표현되고 있다. 설마 요즘 세상에 호수에서 연밥을 따서 그걸 사랑하는 사람에게 보내는 징표로 활용할 사람이 있으랴. 허난설헌 또한 실은 사랑하는 남정네가 물 건너 저쪽에 있었다 해도 실제 연밥을 던졌을 리는 없었을 것이고, 남녀가 그나마 서로 대할 수 있는 '연밥 따는 호수'를 무대로, 그런 환경이라면 누구에게든 생겨날 수 있는 '염정'을 환유해본 것이다. 시인이 이 「채련곡」을 가져온 것도 바로 이런 환유 때문이었을 것이다.

그런데 「부끄러움에 관하여」가 더 흥미로워지는 것은 사실 이 환유 이후부터. 「채련곡」은 '염정'이 들킬까봐 '두근두근'하는 걸로 매듭됐지만 이 시에서는 "들킬까봐" 애써 "물속 깊이 감추었건만" 결국 다시 들켜버리는 정황으로 전환돼 있다. 그 마음을 먼저 읽은 이는 뜻밖에도 경호의 바람. 그 바람은 내가 간신히 한번 표현한 염정을 되찾아내 내 마음을 대신해서 "붉은 얼굴 애써 감추며/ 그대 있는 쪽으로 불어" 가고 있다. 이 '가고 있음'이란 현재형의 의미를 지니는 행위인데, 그점에서 이 시의 '가고 있음'은 곧 '그대'를 향하는 염정의 꺼지지 않는 지속성이자 또한 허난설헌의 「채련곡」에서 박용재의 「부끄러움에 관하여」로 이어지는 역사문화적 연속성을 암시하는 거라 할 수 있다.

> 나 호숫가에 핀
>
> 봄꽃 꺾어
>
> 그대에게 바칠 수 있다면
>
> 소원이 없겠네
>
> 푸른 달빛 받은
>
> 그대가 부끄러운 듯
>
> 얼굴 붉히면서
>
> 그 꽃 받아주면
>
> 더없이 좋겠네
>
> ―「봄날에」 전문

뙤약볕 길 위에서

우물을 찾는다

길가엔 갈증 난 나무들을 위한

우물이 준비되었으나

나는 낮보다 환한 길 위에서

우물을 찾아 헤맨다

언제나 닿을까

그대 마음 씻을 우물엔

—「길 위의 우물」 전문

　「부끄러움에 관하여」에서 표현된 염정의 지속성은 '경호' 등의 자연공간을 배경으로 한 다른 시들에서도 확인된다. 또한 그런 지속성이 대상에 가닿지 않은 상태로 유지된다는 점도 드러난다. 그러니까 보내기만 할 뿐 실제로는 미처 가닿지 못하는 상태인 것이다. 「봄날에」에서도 여전히 '내가 바치는 꽃'을 '그대가 받아주기만을 바라는 마음'이 지속되고 있으며, 「길 위의 우물」에서도 "나는 낮에도 환한 길 위에서/ 우물을 찾아 헤맨다// 언제

나 닿을까/ 그대 마음 씻을 우물엔"으로 '나'와 '그대'의
마음이 만나는 자리를 거듭 찾아가고 있다. 이러한 염정
의 지속적인 대상은 여전히 '그대'인바, 그것은 시인의
예술적 지향의 궁극적인 대상인 시적 연인으로, 「채련
곡」의 수로부인 같은 옛사랑, 돌아와 머물고 싶으나 아
직 완전히 돌아오지 못한 고향 강릉, 그 강릉을 대표하는
호수와 바다 같은 여러 기표로 이 시집의 표면을 장식한
다. 이 시집 「꽃잎 사랑」은 가닿지 못하는 대상에 대한
사랑의 지속성을 기반으로 강릉으로 대표되는 꽃과 식
물, 그 모든 자연의 실체와 분위기로 가득 찬 시집이다.

4. 몸 낮추고 작은 생명 보기

이번 시집에 실린 64편의 시는 대개 15행이 넘지 않
는 짧은 서정시다. 그중에는 누군가를 대상으로 하는 사
랑의 감정을 표현한 연시풍의 시들이 많다는 사실은 이
미 위에서 확인되었다. 한편 강릉이라는, 바다가 있고 호
수가 있고 숲이 있는 고장에서 흔히 보는 꽃이나 나무가

소재로 채택하고 있다는 점도 쉽게 확인된다.

> 강릉 사천 하평리
> 들판에 누워
> 질경이, 쑥부쟁이, 토끼풀, 미나리아재비
> 구절초 그리고 민들레와 놀았다
>
> 바람에 떨어지는 작은 꽃잎에
> 넋을 잃은 채 바라본 들판
> 나는 그 무슨 꽃도 못 되네
>
> 천인국 한 송이
> 날 보고 빙그레 웃네
>
> ─「들꽃」전문

강릉 사천 하평리는 시인의 고향이다. 질경이, 쑥부쟁이, 토끼풀, 미나리아재비, 구절초, 민들레 등은 그런 시골마을에서 자라는 식물이다. 시인의 어린 시절은 물론이고 60세 이른 지금도 자주 접할 수 있는 것들이다. 이 시집에는 이런 꽃과 식물들이 가득하다. 그것들이 자란 들판이 있다. 여기서 주목할 것은 그것들을 내가 보고 즐기는 데 그치지 않고 때로 그것들이 "날 보고 빙긋이 웃네"에서처럼 "날 보고" 있다는 느낌을 그린다는 사실이다. 이점 이 시집 전반에 나타나는 부끄러움의 정서와도 관련되겠는데, 이를 넓게 보면 '내일을 꿈꾸는 나를 잡아끄는 어제'(「어제」)나 '볼품없는 나무젓가락을 보며 생애를 배우는 나'(「나무젓가락」)에서 확인되는 '자기성찰'이라 할 만하다.

　이런 자기성찰의 태도는 나이 60에 이른 시인으로서 "널 사랑했다/ 느닷없이//(……)//60세에/ 너에게 깊은 눈길을 주었다"(「느닷없이」)에서처럼 갑작스런 각성에서 비롯된 것일 수도 있다. 아니면 흔히 나이 들수록 "눈앞의 빛을 좇다/ 그 빛을 만든/ 어둠의 슬픔을 보지 못했네/ 그 어리석음에 내 살을 찢으며/ 나를 비웃는다"(「60세」) 식으로 지난날의 어리석음에 대해 반추하게 되는 그런 자연스런 태도와 연관된다고도 할 수 있다. 아니면, 귀향하는 사람으로서 옛 시절을 돌아보며 스스로를 성찰하는 일과 같은 거라 해도 무방하다. 『꽃잎 강릉』은 이

롱듯 '나를 돌아보게 하는 그 무엇'과 만나는 시간이 값
진데, 특히 몇몇 시들은 사물의 구체적 형상을 통해 그
성찰의 자세를 드러내 주목에 값한다.

너의 숨소리는 아주 작지
오랫동안 곁에 있지 않으면
그 소리를 들을 수 없어
눈을 감고 가만히 귀를 대면
콩닥콩닥거리는
너의 심장 소리가 들려와
그 작은 소리에
온 세상이 숨을 쉬는 듯해
그럴 때마다
너의 작은 얼굴에 피는
미소를 잊을 순 없지

작은 꽃잎 같은 그대

— 「작은 꽃잎」 전문

얼음 쌓인

땅속에서 들리네

구근들이 요동치는 소리

다가올 새봄엔

땅을 뚫고 피워낸

노란 영춘화 꽃잎에 앉아

세상사는 한 즐거움

얻어보려네

— 「겨울나비의 꿈」 전문

　'작은 꽃잎'은 눈앞의 존재로는 미미하지만 곧 자라나 '화려한 큰 꽃'이 될 것이다. 인간의 눈길은 대개 그 큰 꽃을 향해 탄성을 지르게 돼 있지만, 진정으로 생명을 옹호하는 인간은 그보다는 그 큰 꽃에 이르기 위해 부지런히 숨을 쉬며 심장 소리를 내고 있는 어린 시간을 주목하기 마련이다. 시인은 바로 '작은 꽃잎'에서 그 소리를 들으며 그 소리에 깃든, 미래의 시간을 꿈꾸는 '미소'를 확인한다. 이러한 관찰이 가능한 것은 시인이 그것을 가까이에서 눈여겨보는 과정이 있어서다. 작은 꽃잎은 작게 숨을 쉬어 잘 들리지 않지만 "눈을 감고 가만히 귀를 대"는 친밀한 행위를 되풀이함으로써 그 소리를 들을 수 있게 되고 그 소리를 자세히 들을 때라야 그것이 짓는 미소를 볼 수 있게 된다. 이는 스스로 몸을 낮추고 그것과 눈을 맞추는 시간이 지속되지 않으면 불가능하다.

작은 것을 향하는 '지속된 낮은 자세'는 "너는 작지만/ 몸을 적시게 하지// 너는 작지만/ 꿈을 헤엄치게 하지"(「빗방울」)나 "얼음 쌓인/ 땅속에서" '구근들이 요동치는 소리'(「겨울나비의 꿈」)에서처럼 미래를 여는 설렘과 기쁨을 누리게 해준다. "가장 늦게 온 별"(「경호」)이며 "우주의 꽃잎"(「들꽃 한송이」)은 바로 그렇게 가 닿은 '그대'일 것이다. 그런 점에서 『꽃잎 강릉』의 진정한 가치는 '헌화'나 '채련'을 통한 역사문화적 연속성이나 '그대'를 찾아가는 사랑의 지속성에서 더 나아가 바로 그들 사이사이, 낮은 자세로 더 작은 생명들과 눈 맞춤하는 지점에서 가장 값지게 확인된다. 이제 고향 강릉으로 돌아가고 있는 시인 박용재의 현실적 지향 또한 이러한 가치를 찾아내려는 과정과도 다르지 않으리라 짐작한다. 강릉의 낮고 작고 어린 것들이 미래를 꿈꾸며 짓는 미소, 그게 바로 '꽃잎 강릉'일 터.

박용재

1960년 강릉시 사천면 하평리 출생. 1984년 『심상』 신인상으로 등단. 시집 『조그만 꿈꾸기』, 『따뜻한 길 위의 편지』, 『불안하다 서 있는 것들』, 『우리들의 숙객-동숭동 시절』, 『사람은 사랑한 만큼 산다』, 『강릉』, 『애일당 편지』 등 출간. 단국대 대학원 문학박사. 현재 가톨릭관동대학교 교수.

곰곰나루시인선 021

꽃잎 강릉

초판 1쇄 인쇄 2020년 9월 15일
초판 1쇄 발행 2020년 9월 22일

지은이 박용재　　　**펴낸이** 임현경
책임편집 홍민석　　　**편집디자인** 육선민　　　**유튜브 편집** 김선민

펴낸곳 곰곰나루
출판등록 제2019-000052호 (2019년 9월 24일)
주소 서울특별시 양천구 목동서로 221 굿모닝탑 201동 605호 (목동)
전화 02-2649-0609
팩스 02-798-1131
전자우편 merdian6304@naver.com

ISBN 979-11-968502-2-7
책값 11,000원